AF580234

Zeudja Bazzana

LA RICERCA DELLE 4 GEMME PERDUTE

EDIZIONI WE

I meravigliosi disegni presenti nel libro
sono stati realizzati da Veronica Borghesi - Artista

ISBN 979-12-5497-186-4

Via Paulli 10/A – 26015 – Soresina (CR)

www.clickpertutti.com
www.edizioniwe.com
www.facebook.com/edizioniwe
www.instagram.com/edizioniwe
info@edizioniwe.com

T.K. è un giovane cowboy alla ricerca delle 4 gemme perdute, che scoprirà essere detentrici dei 4 valori fondamentali per l'umanità: la gratitudine, il rispetto, l'amore incondizionato e l'onestà.

Sarà un viaggio ricco di emozioni e di sorprese, caratterizzato da paesaggi surreali e nuovi amici con cui condividere un pezzo di cammino.

Riuscirà a diventare il Supereroe di cui il mondo ha bisogno?

LA RICERCA DELLE 4 GEMME PERDUTE

A chi crede che l'impossibile sia possibile!

I
VALLOSA CITY

Era una notte piena di stelle quando arrivai a "Vallosa City", grazie al chiaro di luna riuscivo ad intravedere la piccola città davanti ai miei occhi, il vento accarezzava i miei capelli lunghi e le zanzare mi stavano massacrando.

Decisi così di sbrigarmi e mi diressi verso il vecchio saloon.

Entrai probabilmente con troppo vigore e la porta a ventola batté rumorosamente, tutti si girarono a guardarmi, come si osserva una mosca fastidiosa che si vuole schiacciare.

Cercai un posto dove sedermi, accorgendomi che tutti, ma dico tutti, mi stavano scrutando in un silenzio tombale e man mano camminavo e passavo loro accanto, arricciavano il naso in senso di disgusto.

Effettivamente era una settimana che non mi lavavo, dovevo aver lasciato una scia non troppo profumata intorno a me, e poi, a voler ben guardare, penso fossi la persona più giovane che avessero visto da decenni. La media annua lì dentro era di settant'anni e non vi dico gli abiti e le pettinature. Sembrava di aver fatto un salto nel passato.

Forza un po' di carattere gente, gli stilisti e i barbieri sono all'avanguardia ora. Siamo nel Ventesimo secolo!

Chiesi alla cameriera se potessi avere una camera e mangiare qualcosa e poco dopo mi trovai seduto al tavolo in compagnia di fagioli e pancetta, pane caldo abbrustolito e un buon bicchiere di…acqua, acqua fresca, quanto mi era mancata nel mio lungo viaggio!

Andai ben presto a coricarmi e la mattina pulito e profumato, iniziai la mia missione: la ricerca delle gemme perdute. Me ne aveva parlato mio nonno, erano 4, di diversi colori e ognuna aveva un potere speciale, anche se non sapevo esattamente quale, mio nonno era stato alquanto misterioso al riguardo, mi disse che durante il viaggio, al momento opportuno, tutto mi sarebbe stato chiaro.

Così iniziai la ricerca con i pochi indizi che avevo: un cappello da cowboy, un ferro di cavallo e un paio di stivali.

Già, dovevo iniziare da tre cose assai semplici, ma non sapevo dove cercarle. In tutta Vallosa City c'erano decine di questi oggetti.

Mi sedetti pensieroso su una vecchia sedia a dondolo fuori dal saloon. Poco dopo sentii un fischio, un rumore assordante di zoccoli e vidi tutta la cittadina spopolarsi in men che non si dica.

Era arrivato, ne avevo sentito parlare, ma non l'avevo mai visto con i miei occhi. Si chiamava Bitorzolo Bill.

Agitava le redini del suo cavallo nero come se dovesse spronarlo ad arrivare in cima ad un monte. Quando mi vide si fermò, i suoi occhi neri come la pece mi guardarono e io mi sciolsi come un gelato al sole.

Sì, ragazzi, avevo paura!

Tutti ne parlavano malissimo, dicevano che era un prepotente, uno sbruffone di prima categoria, uno di quelli che prima ti prendono in giro e due secondi dopo ti fanno trovare a testa in giù nello sterco delle mucche. Capirete quindi perché mi alzai veloce come un felino e mi ritirai in camera mia.

Quando scesi per il pranzo poche ore più tardi, lo rividi, era al tavolo e masticava un bastoncino di legno. Da lontano non sembrava neppure così offensivo, ma più mi avvicinavo al bancone, più mi sentivo scuoiato dal suo sguardo.

Neppure il tempo di ordinarmi da bere che lo percepii dietro il mio collo, e il suo profumo di cannella e miele mi pervase le narici.

Mi girai e lo vidi: capelli neri sparpagliati che sembravano leccati da una mucca, baffi arricciati sulle punte che formavano dei cerchi brizzolati, pareva aspettassero dei topini per farci le corse, un sorriso a 42 denti e mezzo e un bitorzolo enorme sulla fronte.

Dovetti trattenermi dal ridere, era veramente buffa quella mezza paletta e quel promontorio…beh, sembrava potesse esplodere da un momento all'altro. Così chiesi se volesse da bere e lui senza dire una parola si sedette accanto a me. Non sapevo se scappare all'istante per non mettermi nei guai o se rimanere seduto come un cagnolino ubbidiente.

Secondo voi cosa scelsi? Esatto la seconda opzione. Ci fu un imbarazzante silenzio, ma ad un certo punto mi disse che sapeva chi fossi e perché mi trovassi proprio lì, a Vallosa City.

Io ero allibito.

Nessuno ne era a conoscenza. Iniziò a parlarmi delle gemme e che sapeva del mio arrivo perché il grande stregone lo aveva predetto. Chi? Il grande stregone? Ma per piacere, secondo voi credo a queste sciocchezze io? Non sono più un pivellino, ormai ho vent'anni e una gioventù matura alle mie spalle.

Beh, non ci crederete, ma seppe persino dirmi di che colore avevo i mutandoni...che imbarazzo! Capii quindi che era meglio prendere sul serio il mio nuovo amico e iniziai ad ascoltarlo con attenzione.

II

LA LEGGENDA DELLE 4 GEMME

Mi parlò di una leggenda: “racchiuse nel Grand Canyon se ne stanno le quattro gemme che il potere danno, non tutti le possono trovare perché potrebbero fare del male. Se solo ti saprai affidare, saranno loro a venirti a cercare, se il cuore puro tu avrai di un amico non scordarti mai. Cappello, stivali e ferro di cavallo sono solo tre cose che un giorno ti serviranno, per iniziare questa ricerca non devi avere fretta!”.

Tutto qui? Questa sarebbe la grande leggenda? Sembrava la filastrocca che la maestra Nancy mi aveva insegnato a otto anni. Si va beh!

Bitorzolo Bill fu allora più chiaro dicendomi che l’indomani mattina saremmo partiti per il Grand Canyon e avremmo iniziato la ricerca.

No, scusa, riavvolgi il nastro, Bitorzolo Bill ed io? Ma che storia è questa?

Non ebbi il coraggio di rispondere e me ne andai a fare una passeggiata.

Giunto al fiume vidi dei pesci luccicare e poi sentii una voce in lontananza, come un sussurro che mi chiamava, così mi lasciai guidare. Arrivai all'inizio di Vallosa City e nella roccia vidi un'entrata, la voce arrivava proprio da lì e così entrai.

Ragazzi non crederete mai, cosa mi trovai di fronte!

C'era un fuoco con un pentolone da cui uscivano scie di colori brillanti che sembravano vive e a rimestare il pentolone c'era uno stregone.

Ti aspettavo, mi disse, e iniziò a raccontarmi che ero quello giusto, colui che avrebbe avuto le 4 gemme e sarebbe diventato il Supereroe che tanto serviva al nostro mondo.

Ehm, si lo feci, scoppiai a ridere, e a piangere. Non riuscivo a trattenermi, cioè avete idea? Io il cowboy che nessuno considerava sarei diventato un Supereroe? E poi chi era un Supereroe? Semmai avevo sentito parlare di cowboys valorosi, di leggende che raccontavano di semidei, ma di un Supereroe mai!

Feci per andarmene, ma lui disse una frase che mi scosse nel profondo. Disse che la mia famiglia non era morta invano.

In un lampo vidi il volto dei miei genitori e dei miei fratellini, mi sorridevano e mi chiedevano di non avere paura. Ma come fai a non avere paura quando a dieci anni, ti trovi catapultato dalle braccia della mamma a quelle di uno sconosciuto che ti ha trovato mezzo morto e di cui tu non sai nulla, come riesci a pensare di fidarti di qualcuno quando le persone che ti hanno messo al mondo e che ti hanno ripetuto all'infinito che non ti avrebbero mai lasciato, se ne sono andate, e quasi non te le ricordi più.

Il loro profumo, il loro sguardo, la loro voce…stanno svanendo sempre di più… i miei occhi iniziarono a lacrimare e la mia testa cominciò a pensare a tutte quelle volte che mi ero lamentato per i fagioli troppo caldi e la pancetta troppo fredda, o avevo guardato storto i miei genitori, perché mi avevano regalato un paio di stivali nuovi anziché i dolcetti del negozio, o avevo litigato coi miei fratelli perché mi stavano troppo addosso. Beh, rimpiangevo tutto quello e capivo quanto era stato importante!

E lì, in quel vortice delle mie paure, lo vidi, il mio salvatore, un uomo che ebbe compassione e mi portò con sé, insegnandomi tutto, facendomi diventare l'uomo buono che sono ora, io lo chiamavo nonno. Era grazie a lui se ero ancora vivo e speranzoso e grazie a lui se ero lì a cercare le gemme, quindi, se lui mi aveva mandato voleva dire che potevo farcela.

Guardai allora lo stregone e gli dissi che poteva contare su di me, il mio cuore era pronto ad affidarsi. Lui fece una risatina, pestò il piede due volte e mi ritrovai in una nuvola polverosa. Quando riaprii gli occhi ero nel mio letto alla locanda.

Possibile? Possibile che avessi sognato tutto? Poi mi alzai e mi trovai nella mano un ferro di cavallo, c'erano incise due lettere:

T. K., che strano erano le mie iniziali! Quando le toccai con l'indice, la voce dello stregone risuonò nelle mie orecchie: "la prima gemma la potrai trovare quando il tuo cuore saprai raffreddare. Perdona chi ti ha fatto arrabbiare, perché non ti ha mai voluto abbandonare. Una canzone suonerà e a quel punto il grazie arriverà!".

Capperini ed insalata, ma che diavoleria è mai questa! Lasciai cadere a terra il ferro di cavallo dallo stupore e dalla paura.

Ok ho capito, sto diventando pazzo! Ma cosa vuol dire?

In quel momento sentii bussare alla porta e dietro chi c’era? Bitorzolo Bill! Uuuh, ancora lui! Era pronto, col suo sorrisetto e il suo stecchetto.

Mi arresi agli eventi e lo seguii.

III

LA GEMMA DELLA GRATITUDINE

Ero abbastanza confuso, tutto quello che stava succedendo era a dir poco fantasioso, pensavo di essere in un sogno, ma quando mi giravo e al mio fianco vedevo Bitorzolo Bill, credevo fosse più un incubo: mamma mia se era brutto! Poi, non mi capacitavo di come la persona più bulla del west, di cui tutti temevano l'arrivo, mi trattasse con gentilezza, rozza naturalmente, ma pur sempre gentilezza era!

È proprio vero che le persone le devi conoscere prima di giudicarle.

Dieci minuti dopo la nostra partenza, il sole iniziava a sorgere timidamente dietro il promontorio, una luce chiara e soffusa illuminava il sentiero, l'aria era ancora fresca e le aquile volteggiavano imperterrite nel cielo. Stavo ammirando la bellezza intorno a me, quando Bitorzolo Bill mi spiegò che vicino a Vallosa City c'era un altopiano dove vivevano antiche comunità di indiani, lì avremmo iniziato la nostra ricerca.

Il sole era ormai alto nel cielo, quando finalmente arrivammo alle capanne degli indiani, le gocce di sudore mi rigavano il viso e avevo una sete tremenda. Il grande capo, Bue Muschiato, ci attendeva con tre penne color corallo su una testa nero corvina e con occhi grandi e penetranti che mi fissavano imperturbabili. Mi sentii come sotto una lente di ingrandimento.

Ci sedemmo accanto a lui e una fanciulla con due trecce scure lunghissime che le arrivavano fino ai piedi, ci portò da bere un infuso alle erbe. Puh che orrore! Puzzava di topo morto! Bitorzolo Bill mi fissò con rimprovero e io cercai di ricompormi.

Bue Muschiato iniziò a parlare e a gesticolare, una nuvola di fumo si creò sopra di noi e iniziai a vedere figure inizialmente appannate e poi sempre più chiaramente, riconobbi la mia famiglia. Mi venne un coccolone al cuore. Bue muschiato iniziò a narrare i fatti come se non fossi lì, come se io non fossi il principale attore di quella maledetta storia. Volevo alzarmi e andarmene via, ma qualcosa non me lo permetteva, ero come stregato.

Così mi rassegnai e ascoltai:
“Lontano, nel tempo che fu, una famiglia amata scomparve nel blu. Una speranza, una nave e, poi, un temporale, bastarono poche onde per farli naufragare. Di tutti, solo il più piccolo si salvò, grazie al padre che alla sua vita rinunciò. Il bambino sulla spiaggia la mattina venne trovato, tutto solo e assai affamato. Tigre Ronzante lo prese con sé e col tempo gli insegnò ad essere fiero di sé. Nonostante il tempo passato e ormai grande diventato, continuò a sentirsi abbandonato e non perdonò il padre per averlo lasciato. Non capì che le forze della natura lo avevano risparmiato, perché un compito assai gravoso gli avevano assegnato, mentre era nella burrasca, infatti, una gemma preziosa gli avevano consegnato. Una gemma che riporterà al mondo serenità, se solo lui la troverà.”

Wow la nebbia si dissolse e fummo catapultati di nuovo nella realtà. Delle ultime immagini, ricordo una gemma azzurra che tenevo tra le mani e un sorriso sul volto di tutti. Ma che gemma era? Non l'avevo ancora capito. Nel mio cuore però era come se un grosso nodo si fosse finalmente sciolto. La nostalgia, la mancanza, il risentimento verso i miei genitori avevano finalmente lasciato spazio alla gratitudine per essere stato salvato, così senza accorgermene pronunciai ad alta voce una parola tanto semplice ma difficile a volte da dire: GRAZIE!

Sentii subito una canzone giungere alle mie orecchie, era allegra e vivace e Bue Muschiato si alzò e mi diede in mano qualcosa. Non ci potevo credere, tenevo in mano la gemma della gratitudine!

Bue Muschiato disse che Tigre Ronzante era un indiano della sua tribù, a cui era stato affidato il compito di prendersi cura di me e di prepararmi alla missione. Ero stato il prescelto e spettava alla tribù degli animali indicarmi la strada.

Le gemme furono create con la nascita della terra e furono nascoste per il bene dell'umanità, proprio per quando ne avrebbe avuto bisogno. Per poterle usare, serviva però qualcuno di valoroso e con un cuore puro. Nella storia, furono molte le persone che le utilizzarono per fare del bene ed ora toccava a me.

Le quattro gemme erano custodite da quattro capi tribù:
Bue Muschiato, Ape Mielosa, Scimmiotto Pelosotto, Unicorno Volante. Ognuno di loro mi avrebbe aiutato ad attraversare una prova e se ritenuto idoneo avrei avuto la gemma.

La mia curiosità divenne insaziabile: ma perché proprio quattro gemme? E riunirle che potere avrebbe dato?

Le quattro gemme erano i quattro valori scelti dal Creatore per mantenere in equilibrio la terra: la gratitudine, il rispetto, l'amore e l'onestà. Solo con questi valori gli uomini avrebbero potuto vivere sulla terra in armonia.

Poi Bue Muschiato prese una sacca e ne estrasse una cintura di cuoio, ma al posto di una qualsiasi fibbia da cowboy c'erano quattro pietre. Mi spiegò che quella azzurra rappresentava la gratitudine, quella gialla il rispetto, quella rossa l'amore e infine quella verde l'onestà.

Quando nel mondo c'era bisogno di uno di questi valori, una delle pietre si sarebbe illuminata.

Scusa, ok, il valore si illumina, ma io come faccio a sapere in quale parte del mondo ce n'è bisogno, e come faccio a raggiungere quel posto in tempo? Bue Muschiato fece un sorriso, il primo a dire il vero da quando ero arrivato. Mi disse che il potere delle quattro pietre insieme, era proprio quello: teletrasportarmi nel posto in cui veniva richiesto il mio aiuto. Una volta raggiunto il posto, avrei dovuto solo ascoltare il cuore delle persone e parlare con loro. Mi disse che non era un passaggio semplice, nel senso che non succedeva mai con uno schiocco delle dita, ma avrei dovuto convivere con quelle persone ed aiutarle, un po' come fanno gli angeli.

Gli angeli? Ma di che parla…aiuto!

Mi grattai la testa e mi sa che feci una smorfia un po' strana, perché Bue Muschiato mi guardò alzando il sopracciglio come per chiedermi a che stessi pensando.

Ecco, mi stavo chiedendo, ma se nel mondo ci fosse bisogno di tutti e quattro i valori contemporaneamente come farò?

E qui mi sa che la faccenda era più ingarbugliata, perché Bue Muschiato si alzò e mi disse che per quel giorno era abbastanza.

Io e Bitorzolo Bill fummo accompagnati nelle nostre tende e ci fu portato dell'acqua e del cibo. Guardai il mio compagno di avventura visibilmente preoccupato. Avevo appena vissuto un'esperienza davvero strana e non avevo ancora tutte le risposte alle domande che avevo in testa. Lui capì il mio disagio e mi mise una mano sulla spalla dicendomi di non preoccuparmi che sarebbe sempre stato al mio fianco e mi avrebbe aiutato.

Come? Scusa? Bitorzolo Bill un mio amico? Wow che giornata! Mi coricai e riuscii anche a dormire.

La mattina quando ci alzammo Bue Muschiato volle vedermi subito, ma non era da solo, con lui c'era una ragazza bellissima, capelli corti e biondi, occhi scuri e un sorriso dolcissimo ma assai deciso. Mi disse che era Ape Mielosa e che adesso avrei viaggiato con lei. Come? Ma le mie risposte?

Tranquillo, mi disse Ape Mielosa, abbiamo un lungo viaggio da fare e avrai le risposte che cerchi.

Bue Muschiato si avvicinò e mi diede la cintura. Ma la gemma?

Mi disse che per la sicurezza di tutti la gemma sarebbe rimasta custodita in una grotta conosciuta solo dalla sua tribù. Io me l'ero guadagnata e quindi al momento opportuno la pietra sulla cintura si sarebbe accesa lo stesso. A quel punto salutammo Bue Muschiato e partimmo alla volta di?
Alveare City, vi prego non ridete, si chiamava proprio così.

IV

LA GEMMA DEL RISPETTO

Bitorzolo Bill era un compagno di viaggio silenzioso, così cercai la compagnia di Ape Mielosa, ma ogni volta che mi avvicinavo, uno sciame d'api mi faceva segno di starle lontano, manco stessi cercando di farle la corte. Che fortuna! Rimanere da solo con i miei pensieri non era proprio quello che avrei voluto in quel momento, e poi, mi avevano promesso delle risposte accidentaccio!

Viaggiammo tutto il giorno e la sera finalmente arrivò. Ci fermammo vicino a delle rocce e ci accampammo. Sempre in rigoroso silenzio. La notte ebbi la fortuna di vedere le stelle, non che non le avessi mai viste, ma qui, senza alcun tipo di luce artificiale, riuscivi a vedere oltre. Iniziai a sognare e a sperare in un mondo dove tutti potessero avere la possibilità di prendersi dei momenti come questo.

La mattina dopo ripartimmo all'alba e viaggiammo così per tre giorni, senza fiatare. Pensavo che sarei impazzito, ma poi, capii che in verità stavo ricevendo un grande dono perché potevo osservare la natura intorno a me. Vidi i paesaggi cambiare e con loro colori meravigliosi, piante e fiori a cui non avevo mai prestato attenzione e animali curiosi che venivano a controllare il nostro passaggio.

La sensazione di ansia che provavo dopo aver ascoltato Bue Muschiato, aveva lasciato spazio ad una pace immensa e ad una consapevolezza mai provata. La natura parlava nel vento ed io stavo iniziando a capirla.

A metà del quarto giorno vidi che ci stavamo avvicinando ad un villaggio e capii presto che si trattava di Alveare city. Le case erano costruite sugli alberi, o meglio erano attaccate all'ingiù ai rami degli alberi, perché erano a forma di alveare. Tutte uguali ma diverse tra loro, ce n'erano di ogni misura. Non avevo mai visto niente di simile!

Si collegavano l'una all'altra con dei ponti fatti di corda e vedevo bambini scendere velocissimi a terra con delle erbe lunghissime, sembravano liane, ma no, non erano liane, acciderbola, erano fili di polline: ma com'era possibile?

I bambini corsero incontro ad Ape Mielosa e gli uomini, invece, ci accerchiarono.

Gli abitanti di quel villaggio erano davvero particolari: i loro capelli intrecciati sulla nuca sembravano fatti con dei fili d'oro da quanto erano sottili, avevano gli occhi scuri come il carbone e i vestiti erano neri e gialli a strisce orizzontali. Tutti portavano una tuta lunga senza maniche, tranne alcune donne più anziane che avevano una gonna e uno scialle esagonale sulle spalle. I colori erano quasi abbaglianti.

Ape Mielosa scese da cavallo e ci presentò. Nel sapere che era arrivato il prescelto, tutti si inchinarono a me.

Mi sentii terribilmente importante e allo stesso tempo imbarazzato. Ci accompagnarono verso un alveare situato più in basso rispetto agli altri. Per salire fu necessario arrampicarsi su delle scale a pioli.

Intorno all'alveare c'erano delle fiaccole che illuminavano una passerella, sulla quale si trovavano diversi tavoli con le seggiole. Entrando, capii che per loro quello era un punto di ritrovo come il nostro saloon, solo più luminoso, profumato e accogliente.

Ci rinfrescammo e mangiammo qualcosa, poi Ape Mielosa ci chiamò e ci portò all'interno del bosco.

C'era una cascata meravigliosa e a gran sorpresa dietro c'era una caverna. Entrati, rimasi a bocca aperta dalla bellezza. C'erano gemme ovunque, tutte di diverse sfumature di giallo. Dal soffitto la luce entrava grazie ad un'apertura e abbassando gli occhi si scorgeva un piccolo fiume scintillante.

Ape Mielosa si fermò accanto al fiume e ci fece sedere. Ci raccontò che la sua tribù era molto antica e che era stato dato loro il compito di proteggere le api, in quanto fonte di vita. Dovetti fare una faccia da pesce lesso perché dopo qualche istante iniziò a spiegarmi che senza il polline che trasportavano le api in primavera, la vita nel mondo piano piano si sarebbe estinta.

Io non ci avevo mai pensato. Le nostre piccole amiche gialle e nere avevano un potere incredibile che andava preservato e il loro miele era oro per tante popolazioni che grazie a quel frutto potevano curarsi e sopravvivere. Poi ci disse che non a caso le pietre nella caverna erano gialle, infatti, venivano deposte da tutte le api regina.

Questo perché solo le regine avevano una magia da tramandare, ognuna di loro diversa, ecco perché c'erano le varie sfumature.

Quella caverna non era solo una bellezza per gli occhi, man mano passava il tempo mi sentivo meglio. Tutta la stanchezza del viaggio e i dolori per la cavalcata sembravano svanire, era l'effetto delle pietre: ogni ape portava in sé un potere curativo.

Tutto questo era gratuito, sì, gratuito, perché le api donavano la loro magia agli umani senza pretendere nulla in cambio.

La maggior parte degli umani, invece, ricambiava questo dono, ammazzandole. Loro non ne erano consapevoli, ma ogni volta che un'ape moriva, una pietra si spegneva per sempre. Ecco perché era importante portare loro rispetto.

Questa parola accese in me un sentimento dolce misto amaro. Un ricordo si impadronì dei miei pensieri e di nuovo una nuvola mi portò indietro nel tempo.

Ero con la mia famiglia nella nostra piccola fattoria e mio padre mi aveva portato dove avevamo le api. Grazie al loro miele potevamo racimolare qualche soldino per mangiare e ovviamente curarci.

Quel giorno però qualcosa andò storto. Mentre mio padre ripeteva le stesse operazioni, lo sciame uscì all'improvviso dalla cassetta e mi piombò addosso. Io iniziai a correre come un pazzo, sentivo i loro pungiglioni ovunque e un calore bruciava sotto la mia pelle.

Mio padre dietro di me correva e mi diceva di fermarmi, ma io non ci riuscivo, pensavo solo a scappare e quando arrivai al fiume mi ci buttai dentro. Inutile dire che le api morirono tutte e io mi salvai per miracolo dopo una settimana di febbre alta e unguenti preparati dalle donne anziane del villaggio.

Mentre ero assopito nella mia degenza, ricordo le liti dei miei genitori. Mio padre mi incolpava per avergli distrutto anni di lavoro e si chiedeva come rimpiazzare quel guadagno. Mia madre, invece, lo rimproverava per avermi portato con lui e per avermi fatto rischiare la vita. Fu difficile per me, mi sentivo tremendamente in colpa e allo stesso tempo infuriato con mio padre che preferiva le api a suo figlio.

Quando mi sentii meglio, però, andai dai miei genitori e chiesi scusa. Mio padre scoppiò a piangere e capì in quel momento che io non avevo alcuna responsabilità e a sua volta si scusò.

La nuvola pian piano si dissolse e Ape Mielosa mi disse che quello era stato un momento di grande rispetto tra due persone, e che se tutti avessero avuto la mia umiltà, la parola RISPETTO allora avrebbe avuto un valore. Poi si alzò e mi diede la gemma del rispetto. Stavolta lo percepii.

Con la prima gemma pensavo si fosse trattato di un pizzicore dovuto all'esaltazione del momento, mentre ora capivo che ogni gemma che prendevo nelle mie mani, mi portava qualcosa di magico. Dopo qualche minuto, Ape Mielosa si alzò e le ridiedi la gemma. Poi guardai la cintura e vidi che i due colori si erano attivati. Bitorzolo Bill sorrise e mi disse che tutto stava andando come previsto.

Seguimmo Ape Mielosa e attraversammo la montagna. La vista all'uscita era mozzafiato, c'era un fiume che attraversava una terra verdissima, mandrie che pascolavano e cowboys che ridevano attorno a delle tende di fortuna. Ci venne incontro un uomo tozzo, con la barba scura e occhi rotondi e profondi. Era un vero cowboy a tutti gli effetti, ma non faceva paura, anzi aveva un viso davvero simpatico.

Ma più si avvicinava più mi sembrava una scimmia da quanti peli aveva. Oh, caspiterina era proprio lui: Scimmiotto Pelosotto.

Mah a volte i genitori hanno proprio idee strane riguardo ai nomi dei loro figli!

Comunque, questo signore scese da cavallo e mi squadrò da capo a piedi, poi si mise a ridere, ma ragazzi, una risata fragorosa di quelle che si sentono a km di distanza, tanto che i cowboys si girarono tutti. Che figura! Il tipo peloso mi disse che era impossibile fossi io il prescelto, ero troppo smilzo per i suoi gusti e non ero affatto curato. Scusa? Parlava a me di essere curato nell'aspetto, quando lui sembrava un orsacchiotto peloso e a dire il vero nemmeno troppo profumato?

Bitorzolo Bill si fece serio in volto, si avvicinò a due pollici dal suo naso e gli disse in tono risoluto, e quando intendo risoluto, intendo che se non l'avessi conosciuto me la sarei fatta nei mutandoni, che se aveva qualche problema se la sarebbe vista con lui!

Oh oh, sentivo aria di scintille, ma la bella Ape Mielosa fece intervenire il suo sciame d'api che divise i due bollenti spiriti.

Ape Mielosa mi guardò e mi consegnò un cappello da cowboy. La guardai leggermente stupito visto che ne avevo uno più che degno per un cowboy, ma dal suo sorriso capii che si trattava di QUEL cappello, quello di cui parlava la leggenda.

Lo presi tra le mani e vidi che sulla fibbia che lo circondava, c'erano disegnate delle gemme e una piuma. Perché una piuma? Ape Mielosa mi disse che la piuma simboleggiava la loro tribù e anche la leggerezza. Mmm non mi sembrava che nel mio compito si potesse parlare di leggerezza, ma questa parola aveva un significato ben diverso da quello che immaginavo. Quando un uomo viene investito di una grande responsabilità, deve essere in grado di ricordarsi che il cuore non va mai appesantito, altrimenti si rischia di esplodere.

Quindi la leggerezza significa ricordarsi delle proprie origini, ringraziare Dio per il dono della vita, prendersi dei momenti per respirare tranquillamente e sentirsi radicati a terra, come le radici degli alberi. Ok capito, mi sembrava più una lezione di, come la chiamate voi? Ah, meditazione, ma avevo capito. Indossai il mio nuovo cappello e percepii una nuova sensazione, mi sentivo più coraggioso.

Salutammo Ape Mielosa e con molta felicità il suo sciame d'api, che mi metteva sempre abbastanza paura e seguimmo Scimmiotto Pelosotto.

V

LA GEMMA DELL'AMORE

Al contrario dei suoi predecessori Scimmiotto Pelosotto non smetteva mai di parlare, tanto che incominciai a rimpiangere i momenti di assoluto silenzio. Fosse stato almeno simpatico, ma alle sue battute rideva solo lui, io e Bitorzolo Bill ci continuavamo a guardare perché non ne capivamo il significato.

Attraversato il fiume e quelle terre verdeggianti, l'aria iniziò a seccarsi e il caldo a far da padrone, iniziammo un nuovo territorio: il Selvaggio Deserto delle Scimmie.

Ok, lo so che vi faccio ridere con questi nomi, ma all'epoca questi posti si chiamavano così e adesso scoprirete il perché.

Iniziammo a sentire vari versi e rumori intorno a noi. All'apparenza non c'era nessuno, ma piccoli movimenti facevano spaventare anche i cavalli, tranne ovviamente quello della nostra guida. Scimmiotto Pelosotto si era fatto silenzioso e scrutava ormai nell'oscurità una strada immaginaria.

Io mi stavo letteralmente addormentando e chiesi quanto mancasse per arrivare all'accampamento, la risposta mi gelò il sangue caldo. Il nostro simpatico amico, ci disse, che la notte avremmo dovuto viaggiare, per evitare gli spiriti oscuri che, avvertiti del mio arrivo, volevano impossessarsi di quanto mi era stato dato. Ma io non capivo, se erano spiriti oscuri, sarebbe stato meglio viaggiare di giorno, sbaglio secondo voi? E invece no, gli spiriti oscuri erano così chiamati, perché avevano il cuore oscurato dall'invidia e dalla cattiveria, viaggiavano sempre di giorno e imbrogliavano giovani cowboys come me, per prendersi il loro cuore.

La notte, invece, impauriti dalla loro stessa anima se ne stavano comodi a riposare, in più la notte, avevamo le scimmie del deserto a proteggerci. Ma quali scimmie? Non ne avevamo incontrate fino ad allora. Ebbene sì, erano scimmie talpe che ci seguivano e proteggevano dal terreno. Ecco spiegato quei continui movimenti sotto ai nostri zoccoli. Così cercai di aggrapparmi al mio adorato equino e proseguimmo nella notte.

Mi addormentai e fui svegliato malamente da un rumore assordante. Un ghigno acuto mi penetrò le orecchie e un odore fetido le narici. Aprii gli occhi e vidi su di me una scimmia pelosa che urlava e mi prendeva a schiaffi, sentii Scimmiotto Pelosotto ridere e mi accorsi che Bitorzolo Bill stava cercando di allontanarla. Diciamo che fu uno scherzetto del mio nuovo amico davvero poco simpatico!

Quando mi ripresi, mi accorsi che l'alba era ormai giunta ed eravamo in una cittadina: Monkey Bay. Ovunque c'erano scimmie di tutte le dimensioni e case sparse vicino agli alberi. In lontananza si vedeva il mare e si percepiva il profumo della salsedine. Entrammo in un saloon: c'erano uomini e donne tutti pelosi, sembrava ci stessero aspettando perché formarono un cerchio e una donna venne verso di noi. Aveva tra le mani qualcosa di luminoso e tutti chiusero pian piano il cerchio. Scimmiotto Pelosotto si fece serio e mi disse che la sua tribù era stata incaricata di proteggere la gemma rossa, quella dell'amore incondizionato e che per questo gli spiriti oscuri continuavano a dar loro la caccia, facendo innamorare uomini per poi strappar loro il cuore.

Quest'ultima esclamazione mi fece inorridire e Scimmiotto Pelosotto specificò che strappare il cuore non era inteso nel senso letterale del termine, ma indicava che li facevano innamorare e quando erano sazi del loro amore li scaricavano, lasciando i poveri uomini privi di provare nuovamente quel sentimento, diventando giudici incattiviti e diffidenti nei confronti degli altri. Solo la pietra poteva guarirli e far sparire quell'oscurità.

In quel momento venni nuovamente preso da una nuvola e riportato nel passato: avevo circa sedici anni e mi ero innamorato perdutamente di una ragazza del mio villaggio, si chiamava Fiore di Loto, mi piaceva tutto di lei, insieme eravamo felici e cominciavamo ad immaginarci un futuro insieme. Ma un giorno lei sparì, lasciandomi solo un biglietto con scritto "mi dispiace" e ora che ci penso c'era disegnata una piuma. Io ero furioso e il mio cuore andò in mille pezzi e non riuscii più a fidarmi di un'altra donna. Nonostante fossero passati molti anni mi sentivo ancora così: perso e triste.

All'improvviso mi sentii vuoto come se mi avessero tolto il cuore e mi risvegliai madido di sudore e con le lacrime agli occhi. Intorno a me tutti avevano uno sguardo di comprensione e Scimmiotto Pelosotto mi disse che quella era stata la mia prova.

Eh? In che senso? Continuò spiegandomi che Fiore di Loto non si era allontanata di sua volontà, ma aveva dovuto farlo per permettermi di provare quel sentimento e sentirmi come la sua tribù, perché solo questo mi avrebbe permesso di avere un giorno la gemma dell'amore incondizionato.

Ero sempre più confuso, quando rividi la giovane donna con la gemma avvicinarsi a me. I miei occhi si spalancarono, la saliva si seccò, i battiti del mio cuore iniziarono ad andare al trotto, non potevo crederci, era proprio lei: Fiore di Loto!

I nostri occhi si incontrarono e senza accorgerci ci ritrovammo avvolti in un caldo abbraccio. Sentii il suo profumo fresco e il suo amore inondarmi il cuore. Tutt'intorno a noi il silenzio svanì e le persone iniziarono a ridere e a battere le mani: avevo ritrovato il mio Amore!

Scimmiotto Pelosotto mi disse che Fiore di Loto era sua figlia e che era stata destinata come sposa al prescelto fin dalla tenera età, ma che per il bene di entrambi, nessuno poteva sapere la verità. Solo quando era stata portata via da me con la forza, le spiegarono l'importanza di quel gesto e lei ebbe la pazienza di aspettarmi.

La sera stessa ci sposammo e il nostro regalo di nozze fu la gemma rossa. La mia cintura si illuminò e a quel punto la mia giovane sposa riconsegnò al padre la gemma per tenerla al sicuro. La notte passò tra canti e balli e tutti fummo inebriati dai sorrisi e dalla felicità che sprigionavano i nostri cuori.

La mattina seguente Fiore di Loto mi prese da parte insieme al padre e a Bitorzolo Bill. Mi spiegarono che c'era altro che avrei dovuto sapere. Fiore di Loto non era una ragazza qualunque, aveva ereditato un potere molto importante. Era la figlia della tribù dell'amore, e nipote della tribù del rispetto, questo significava che era una guaritrice.

Gli antenati la misero sul mio cammino per proteggermi nel mio compito, ma non come Bitorzolo Bill che avrebbe fatto a pugni se fosse stato necessario, lei mi avrebbe guarito dai mali fisici e del cuore.

Ero felice di questi risvolti inaspettati e pensavo di essere in un sogno da cui non avrei mai voluto risvegliarmi. Presto, però, fummo costretti a rimetterci in cammino e Fiore di Loto sapeva bene quale sarebbe stata la nostra ultima tappa, ma non poteva dirmi ancora molto.

Il fatto che ci fossero segreti tra noi mi infastidiva, ma confidavo in lei e mi lasciai guidare. Fu una specie di viaggio di nozze con il fiato sul collo di Bitorzolo Bill, insomma privacy zero, ma un buon amico su cui contare.

VI

LA GEMMA DELL'ONESTÀ

Dopo qualche giorno al trotto, costeggiando il mare, arrivammo in un punto in cui non si poteva proseguire. Io e Bitorzolo Bill eravamo pronti a cercare altre vie, ma Fiore di Loto ci disse di accamparci e di attendere. Poche ore dopo sentimmo dei versi di cavalli provenire dal cielo, ma era al quanto impossibile, quindi, pensai che il sole ci avesse fatto qualche scherzetto.

Mi dovetti ricredere, in men che non si dica, tre destrieri alati atterrarono sulla sabbia. Erano dei bellissimi unicorni. In verità mi diedi tipo quattro pizzicotti perché non potevo credere ai miei occhi. Avevano criniere bianche come la neve, folte, con degli smeraldi come ornamento. Il loro sguardo ti ipnotizzava, tanto sembravano trasparenti e le loro ali erano enormi e morbidissime. E il corno? Non avete idea, non era solo bellissimo, il suo color arcobaleno continuava a brillare.

Da uno di questi, scese un cowboy diverso, tutto vestito di bianco, pulito e con delle trecce che spuntavano da un cappello pieno di piume e coralli verdi. Aveva degli stivali in mano e me li consegnò: wow erano gli stivali di cui parlava mio nonno. Erano marrone scuro con dei ricami a forma di gemme e sul retro avevano scritto: come il vento.

Salutò mia moglie con un abbraccio e si presentò, era Unicorno Volante. Mi disse che il dono degli stivali completava il mio equipaggiamento di oggetti magici: il ferro di cavallo era una vera e propria arma di difesa, che avrei dovuto tenere sempre nella cintura; la cintura mi sarebbe servita per viaggiare nel tempo e nello spazio; il cappello mi avrebbe ricordato chi ero anche nei momenti più bui e ora gli stivali, gli stivali mi avrebbero permesso di correre veloce come il vento e di volare.

Oh, sardina strinacchiata, avrei volato? Seriamente? Iniziai a saltellare come un bambino e a ridere e urlare gioioso. Poi mi accorsi che tutti ridevano e mi rimisi serio. Volare? Siii… volare!!

Unicorno Volante mi disse che per potermi dare la gemma dell'onesta, avrei dovuto superare un'ultima prova, a quel punto la mia amica nuvoletta mi portò di nuovo via con lei, nel passato, quando ero piccolo ed ero appena rimasto orfano.

I primi giorni furono difficili perché non sapevo di chi potermi fidare ed ero sempre affamato. Il mio salvatore cercò di darmi tutto quello che aveva, ma per me in quel momento non era abbastanza, era come se dovessi colmare di continuo un vuoto, solo ora capivo che era la mancanza della mia famiglia.

Così una mattina scappai e dalla vetrina del fornaio vidi una torta alle fragole come quella che preparava la mia mamma. Fu più forte di me, entrai e senza farmi vedere la rubai e la mangiai tutta.

Il nonno mi trovò poco dopo, addormentato sotto una pianta. Mi chiese cosa fosse successo, io avevo paura di raccontargli la verità, ma lui non era sciocco e dai miei baffi rosa, capì cosa avessi combinato. Così mi pulì per bene e andammo insieme dal fornaio, lì, lui si prese la colpa dicendo che era stato un momento di follia. Io non potevo crederci, quest'uomo era così buono, che avrebbe preso la colpa al posto mio per difendermi?

No! Non era giusto! Mi feci avanti e tutto d'un fiato dissi la verità. Il nonno si commosse e il fornaio mi abbracciò. Mi dissero che l'ONESTA' nella vita, era una delle cose più importanti e che nonostante avessi sbagliato a rubare la torta, il fatto di essermi assunto le mie responsabilità mi faceva onore.

La nuvola si dissolse e mi accorsi che tutti mi stavano guardando. Ero molto dispiaciuto per il gesto fatto da bambino, ma loro mi rassicurarono.

Mi dissero che era stata l'ultima prova e che adesso dopo aver scavato nel mio dolore ed essermi perdonato, il mio cuore era pronto per affrontare il mio ruolo.

Unicorno Volante mi diede la gemma verde dell'onestà e in quel momento la mia cintura si illuminò completamente.

Ragazzi ero emozionatissimo, avevo recuperato le quattro gemme e tutti gli oggetti indicati da mio nonno. Ognuno di essi rappresentava un momento del mio presente, ma anche del mio passato. Erano ricordi che non avrei più dimenticato.

Ero pronto, le gemme erano tutte al loro posto, così, indossai gli stivali e, ridata la gemma ad Unicorno Volante, mi sentii pervadere da un'infinità di emozioni, la brezza mi accarezzò i capelli, i raggi del sole mi scaldarono il viso e Fiore di Loto si strinse a me. Potevo sentire il suo amore trafiggermi letteralmente il cuore.

Poi si allontanò e insieme ad Unicorno Volante iniziò a ballare, ripetendo una filastrocca in una lingua che non conoscevo. Non ebbi quasi il tempo di capire cosa stessero realmente facendo, perché fui come paralizzato da una forza che non potevo controllare e la mia mente nuovamente iniziò a viaggiare, ma stavolta non ero nel passato bensì nel presente. Un presente a tratti offuscato e a tratti limpido, freddo ma che poteva diventare incandescente in pochi secondi.

Il mio corpo non c'era più, nel viaggio c'era solo la mia anima, ma com'era possibile?

Non riuscivo a vedere nulla di me, ma potevo vedere il mondo e percepire tutta la sofferenza e i timori che abitavano il cuore delle persone.

Così! Tutto nello stesso momento!

Mi prese il panico. Non sapevo gestire tutte quelle emozioni insieme, non sapevo ascoltare tutte quelle persone che parlavano nello stesso tempo e con idiomi differenti.

Fu in quel momento che ritornai nel mio corpo, Fiore di Loto e Unicorno Volante avevano smesso di ballare e di cantare e mi fissavano. Fiore di Loto si avvicinò e mise la sua mano sul mio cuore e disse di respirare con calma e di ricordarmi chi ero. Il suo tocco era il dono che portava con sé la pietra dell'amore, aveva il potere di tranquillizzarmi e di riportarmi a casa. La casa era lei. Raccontai cosa mi era successo e loro mi spiegarono che presto mi sarei abituato a questi viaggi e che con il dovuto addestramento, sarei riuscito a interpretare tutto quello che avrei percepito, per aiutare chi richiedeva il mio intervento.

Mi venne in mente il nonno quando mi faceva mettere in ordine tutta la casa, dividendo le cose in modo puntiglioso, per potermi sempre ricordare dove le avevo messe e perché come diceva lui “ogni cosa nella vita, aveva un tempo e uno spazio.”

All’epoca lo trovavo un passatempo davvero noioso e mi arrabbiavo, perché anziché uscire a giocare con gli altri bambini, mi faceva fare tutti i giorni le stesse cose.

Ora capivo invece, che mi stava solo preparando a quello che avrei dovuto affrontare da grande e a quanto mi sarebbe stato utile.

VII
UNA SORPRESA INASPETTATA

Fu in quel momento che il cielo divenne chiarissimo e una luce abbagliante ci fece strizzare gli occhi. Il mare iniziò ad agitarsi, vomitando onde altissime piene di schiuma bianca, e piccole gocce d'acqua arrivarono a noi come spruzzi imbizzarriti. Nell'aria sentimmo un ronzio che ci costrinse a proteggere le orecchie con le mani, come se stesse arrivando un tornado. Ci spaventammo e ci stringemmo gli uni agli altri.

Tutto si placò, dopo pochi minuti, nell'esatto modo in cui era iniziato.

Ci liberammo dall'abbraccio e sentimmo qualcosa tra i capelli, erano piccoli frammenti colorati che svolazzavano tutto intorno a noi, portati da un venticello delicato e profumato di lavanda. All'improvviso iniziarono a roteare sempre più velocemente e formarono delle figure. Non capii subito chi fossero, ma quando mi sentii chiamare per nome, rimasi a bocca aperta, era impossibile, erano passati dieci anni, ma quella voce, quella voce dolce e calda era inconfondibile, era della mia mamma.

Mi avvicinai e la vidi insieme alla mia famiglia. Preso da un senso smisurato misto all'amore e al dolore che provavo, cercai di abbracciarli, ma senza successo. Non erano materia, erano spirito.

Devo essere sincero amici, ci rimasi male, il suo abbraccio mi era davvero mancato tantissimo, ma il fatto di poterla vedere era un regalo talmente inaspettato che andava bene così.

Iniziammo a parlare, fu un momento denso di emozioni, ma capii presto che non era una visita solo di piacere. Papà prese la parola e mi disse quanto fossero orgogliosi dell'uomo che ero diventato e del super Cowboy che sarei stato. Un Cowboy che avrebbe rappresentato tutti i valori più importanti e che sarebbe sicuramente riuscito a farli ricordare all'umanità. Poi prese la parola il nonno, mi spiegò che la notte del naufragio fui scelto dalle forze della natura per diventare il prescelto, perché avevano visto il mio cuore puro. Adesso avrei dovuto sempre ricordarmi, che tutti i poteri che avevo acquisito avrebbero funzionato, solo, se avessi sempre seguito la strada della luce. La strada dell'ombra mi avrebbe sempre perseguitato e spaventato per farmi desistere dal mio compito, ma non avrei dovuto cedere, perché in palio c'era la salvezza delle anime.

Wow mi aveva spaventato mica da ridere il vecchietto, quando parlava c'è da dire che sapeva sempre come colpire nel segno.

Poi il loro sguardo cambiò e capii che era arrivato il momento dei saluti.

Mi dissero che sarebbero stati sempre al mio fianco, angeli invisibili e amorevoli che mi avrebbero dato la forza di continuare la mia missione. Chiesi se li avrei mai rivisti, ma non mi risposero, sentii però nel cuore che arrivato il momento sarebbero tornati.

I nostri occhi divennero lucidi e il groppo alla gola si fece sentire, ma il sorriso solare di mia madre, mi diede il coraggio di sorridere a mia volta e di lasciarli volare via, così la loro immagine cominciò a cristallizzarsi e poco dopo tornarono a danzare nel vento.

Unicorno Volante senza aggiungere nulla, mi salutò inclinando il cappello e volò verso il cielo.

Era nuovamente una notte piena di stelle ed ero nuovamente in cammino, ma stavolta non ero solo, avevo l'amore accanto a me, un amico fidato e la percezione che gli angeli mi avrebbero sempre accompagnato.

Certo, la strada era ancora lunga, il mio addestramento non era ancora cominciato, le mie domande non avevano trovato tutte le risposte, ma presto sarei stato pronto per accogliere tutta la storia delle quattro gemme ritrovate, dei Supereroi che mi avevano preceduto e anche dell'oscurità che da secoli cercava di trovarle e sottrarle alla luce.

Ora iniziava davvero l'avventura del Supereroe nel West!

Biografia

Zeudja ha sempre amato scrivere col cuore.

Dopo una laurea in *Scienze Politiche e delle relazioni internazionali*, ha lavorato come impiegata e, poi, ha avuto la fortuna di fare quello che aveva sempre sognato: la Mamma!

Nel frattempo, si è dedicata per la quasi totalità del suo tempo ai bambini e ai ragazzi dell'oratorio della sua parrocchia.

Attualmente insegna IRC in una scuola superiore.

Il ricavato di questo libro
andrà al progetto ideato con i suoi bambini:
Spesa So-spesa

Spesa So-spesa è un aiuto concreto
con beni di prima necessità
attivo nella provincia di Brescia.

www.ingramcontent.com/pod-product-compliance
Lightning Source LLC
LaVergne TN
LVHW021305160826
845679LV00001B/208

* 9 7 9 1 2 5 4 9 7 1 8 6 4 *